KB210030

바이크 갤럭시

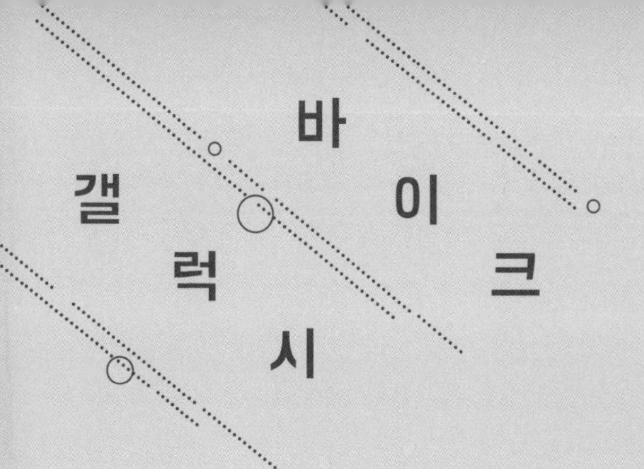

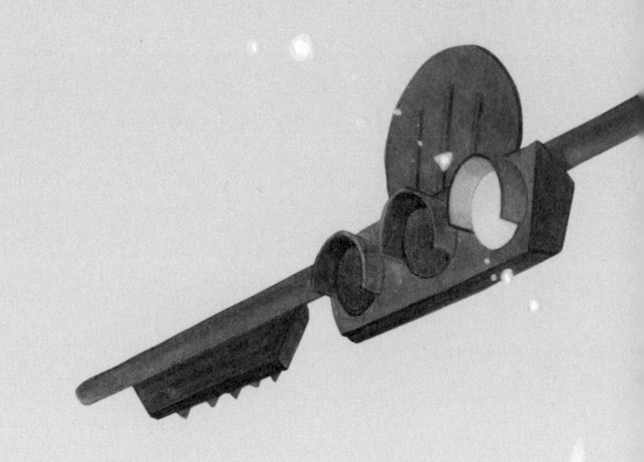

이경주 글 ◦ 화원 그림

사계절

푸른 하늘 은-하수 하얀 쪽배에-
계수나무 한- 나무 토끼 한 마리-
돛대도 아니 달고 삿대도 없이-
가기도 잘도 간다 서-쪽 나라로-

노래가 끝나자 코트는 바로 잠이 들었다. 코트는 이 노래를 들어야 울음을 멈추고 잠이 든다. 할아버지가 돌아가신 뒤로 노래는 내 몫이 됐다. 코트는 우리 집에 가끔 오는 고양이다.

혜성처럼 갑자기 우리를 찾아왔다며 할아버지가 코메트(comet)라는 이름을 지어 줬지만, 나는 길게 말하는 게 귀찮아서 코트라고 부른다. 코트는 집에 오면 며칠만 있다가 갈 때도 있고, 한두 달 정도 지낼 때도 있다. 자기가 오고 싶을 때 오고 가고 싶을 때 가는 방문객이다. 코트는 집에서 지낼 때면 밤마다 할아버지 발등을 톡톡 쳤고, 할아버지는 플레이어가 자동 재생하듯이 노래를 불러 줬다.

집에 할아버지가 없으니까 코트는 내 발등을 톡톡 치며 나를 올려다봤다. 나는 할아버지처럼 바로 노래를 부르지 않았다. 내가 아무 반응을 보이지 않자 코트는 시위하듯이 앙칼진 소리를 냈다. 그런 코트를 못 본 척해도 울

음소리는 멈출 기미가 보이지 않았다. 코트의 시위를 멈추기 위해 어쩔 수 없이 노래를 불렀지만, 코트는 내 노래가 마음에 안 들었는지 다시 울기 시작했다. 나는 코트를 보며 단호하게 말했다.

"할아버지처럼 부르려면 성대에 연륜이 쌓여야 돼. 목소리도 어른처럼 나이를 먹는 거야. 무슨 말인지 알겠지? 난 아직 열일곱이야."

코트는 내 말에 동의한 것처럼 울음을 멈추고 자리에 조용히 누웠다. 그 뒤로 코트는 내 노래가 음정이 틀리고 박자가 어긋나도 가만히 듣기만 했고, 노래가 끝날 때쯤이면 잠들어 있었다.

오늘도 코트가 잠든 후에야 내 일과를 시작

했다. 우선 어제 짠테크 카페에 올린 게시물을 확인했다.

4월 지출 총 176,000원

- 교통비: 9,000원
- 공과금: 74,100원(전기세, 도시가스, 수도세)
- 알뜰 휴대폰 요금: 9,900원
- 인터넷 요금: 23,000원
- 간식: 10,000원(핫도그, 음료수, 어묵)
- P마트: 50,000원(달걀, 식용유, 쌀 10kg, 라면)

4월 수입 총 360,000원

- 아르바이트: 350,000원
- 중고 거래: 10,000원

게시물 제목은 '1인 가구 생활비 점검 부탁드려요'였다. 휴대폰 앱으로 가계부를 쓰는데, 돈을 제대로 관리하고 있는지 궁금했다. 한 달 동안 사용한 생활비를 카페에 공개하고, 회원들의 의견을 들어 보고 싶었다.

↳ 진짜 알뜰하세요.

↳ 리얼 짠테크. 반성하고 갑니다. ㅜㅜ

↳ 잘하고 있네요! 응원해요!

긍정적인 댓글을 읽으니까 안심이 됐다. 하지만 마지막 댓글에서 눈을 뗄 수가 없었다.

↳ 이 돈으로 생활 가능?

↳ 엄마한테 받은 용돈을 적은 거. ㅋㅋㅋ

↳ 수입이 너무 적어요. 미래를 위한 재테크는?
장기적인 계획이 필요해 보임.

미래, 장기적인, 계획. 이런 단어들을 보는 순간 숨이 턱 막혔다. 주어진 하루를 잘 보내기도 벅찬데 미래를 준비하는 일은 꿈도 꿀 수 없었다. 비판적인 댓글을 원망하며 짠테크 카페 창을 닫아 버렸다. 당장 미래를 위해 내가 할 수 있는 일은 학교 시험을 준비하는 거였다. 졸린 눈을 비비며 과학 문제집을 펼쳤다.

1. 생명체가 존재할 수 있는 행성의 조건은
무엇인지 설명하시오.

액체 상태의 물이 있어야 함, 위성의 존재,

중심별의 질량이 적당해야 함.

문제집을 보는데 글씨가 아득하게 멀어지는 느낌이었다. 문제 푸는 걸 포기하고 책상에 엎드렸다. 우주를 생각하기에는 너무 피곤하고 졸렸다. 그때 거실 한쪽에 있는 GS-27에서 잡음이 들렸다.

'아, 또 저 소리.'

할아버지는 밤마다 GS-27을 만지면서 나에게 습관처럼 말했다.

"무한아, 할아버지가 없어도 GS-27은 절대 끄면 안 된다. 여기에 있는 이 배터리가 다 닳으면 모를까."

할아버지는 GS-27을 어떤 물건보다 소중하게 여겼지만, 내 눈에는 시끄러운 소리를 내는 기계일 뿐이었다. 금속으로 만든 직사각형 모양의 GS-27은 옛날 카세트테이프 플레이어와 비슷해 보였다. 통유리로 된 앞면 안에는 복잡하게 연결된 전선과 칩이 가득했다. GS-27은 하루 종일 작동했는데, 밤이 되면 본체에서 자동으로 초록빛이 켜지며 다양한 소리를 냈다. 중국, 일본, 미국, 독일 등 세계 온 나라의 방송 주파수를 랜덤으로 잡았다. 어떤 날은 영어만 나왔고, 또 다른 날은 프랑스어와 처음 듣는 외국어가 교차로 나오기도 했다. 할아버지는 매일 밤 낯선 소리에 귀 기울이며 직접 개발한 마이크 앞에서 음성 신호를 전파로 내보냈다.

밤마다 그러는 할아버지가 이해되지 않았지만, 밤에는 대기층의 상태도 변하고 전파 간섭이 줄어들어서 신호를 더 멀리 보낼 수 있다고 했다.

할아버지의 유품을 하나씩 정리 중인데 GS-27은 차마 처분할 수가 없었다. 할아버지의 당부대로 전원을 끄지 않았고 GS-27은 매일 작동했다.

잡음을 없애기 위해 무거운 몸을 겨우 일으켜 GS-27 앞으로 갔다. 검은색 네모난 버튼을 눌렀다. 그 버튼을 누르면 기계는 음소거 상태가 됐다. 그런데 오늘은 버튼을 눌러도 잡음이 사라지지 않았다.

"캬파 츠── 치크프───."

GS-27에서는 점점 더 시끄러운 소리가 들렸다. 처음 들어 보는 소리였다. 동그란 계기판의 바늘이 좌우로 빠르게 움직였다. 전원 표시등도 계속 깜박거렸다. GS-27이 흔들리기 시작했다. 주변을 둘러보니 GS-27만 흔들리는 게 아니었다. 집 전체가 흔들리고 있었다. 너무 놀라서 코트를 찾았는데 상자 안에서 자고 있던 코트가 보이지 않았다. 아무래도 지진이 난 것 같았다. 학교에서 했던 지진 대피 훈련을 떠올렸지만, 책상 아래에 앉아서 딴짓만 했던 게 생각났다. 어떻게 대처할지 몰라서 우선 휴대폰을 찾았다.

휴대폰으로 지진이라는 단어를 검색하는 순

간 몸이 휘청거려 휴대폰을 바닥에 떨어뜨렸다. 곧바로 앞이 보이지 않을 정도로 환한 빛이 거실 창문으로 들어왔다. 밖을 내다보고 싶어도 눈이 부셔서 눈을 제대로 뜨지 못했다. 빛이 사라지고 어두워진 후에야 겨우 눈을 뜰 수 있었다.

언제 그랬냐는 듯이 GS-27은 조용해졌고 집도 더 이상 흔들리지 않았다. 한참 동안 바닥에 엎드린 채 가만히 있었다. 겨우 정신을 차리고 주변을 둘러봤다. 방바닥에 물건들이 여기저기 떨어져 있었다. 지진이 멈춘 것 같아서 안심했는데, 창문 밖으로 커다란 그림자가 왔다 갔다 움직이는 게 보였다. 우리 집은 낡은 주택이지만, 담벼락이 높아서 사람이 쉽게 들어올 수는 없다. 거실 구석에 세워 둔 야구 방망이를 들고 문밖으로 나갔다.

현관문을 열자 완전 엉망이 된 마당이 눈에 보였다. 할아버지가 가꾸던 작은 화단이 망가졌고, 좁은 마당 한쪽이 맨홀처럼 돼 버렸다. 조심스럽게 커다란 구멍 쪽으로 천천히 발걸음을 옮겼다. 구멍은 깊이 뚫려서 마치 지하 동굴을 보는 것 같았다. 자세히 보니까 지진 때문이 아니라 무언가가 땅속으로 파고든 흔적이었다. 땅속을 내려다보는데 뒤에서 소리가 들렸다.

반사적으로 등을 돌리니 뒤쪽에 누군가 서 있었다. 헬멧을 쓴 사람이 나랑 1미터 정도 떨어져 있었다. 그 사람은 옷인지 피부인지 구분이 안 될 정도로 온몸이 반짝거렸다. 헬멧을 쓰고 있어서 얼굴은 보이지 않았다. 보통 사용하는 헬멧과는 달라 보였다. 헬멧 표면이 컴퓨터 화면처럼 보였다.

"누구세요? 어떻게 들어왔어요?"

나는 겁이 나서 야구 방망이를 손에 꽉 쥔 채로 크게 말했다. 그는 대답 대신 고개를 왼쪽으로 한 번, 오른쪽으로 한 번 움직였다.

"당장 나가지 않으면 경찰에 신고할 거예요!"

내가 소리쳐도 그는 그대로 가만히 서 있기만 했다. 휴대폰을 꺼내 112 통화 버튼을 눌렀다. 신호음이 울리자 남자의 헬멧에 도형처럼 생긴 기호가 연속적으로 뜨기 시작했다. 그 순간 신호음이 끊어졌다. 지진 때문에 휴대폰도 먹통인 건가. 다시 112를 눌렀지만, 신호음이 전혀 들리지 않았다. 이번에는 연결조차 되지 않았다.

"빨리 나가세요. 그럼 신고는 안 할게요."

최대한 아무렇지 않은 척하며 그에게 다시 경고했다. 그는 빈손인 채로 내 앞에 서 있었다. 야구 방망이를 든 내가 상대방보다 유리한 입장이었다. 그는 내 말에 아랑곳하지 않고 내 쪽으로 걸어왔다. 나는 공격 아니, 방어하기 위해서 야구 방망이를 높이 들었고, 그는 내 손에 있던 야구 방망이를 아주 쉽게 뺏어 갔다. 너무 순식간이라서 그가 야구 방망이를 뺏은 게 아니라 사라지게 만든 것 같았다. 팔씨

름을 할 때 하나, 둘, 셋과 동시에 손등이 바로 바닥에 닿아 버리는 그런 허망한 기분이었다.

경찰에 신고도 할 수 없고, 방어할 무기도 뺏겼다. 나를 지켜 줄 사람은 아무도 없었다. 겁먹은 모습을 숨기기 위해 주먹을 꽉 쥐고 얼굴도 보이지 않는 그를 노려봤다. 그는 자기 손에 들어온 야구 방망이를 살피더니 땅바닥에 내려놓았다.

"이 물건은 공격용이야? 공격용이라고 하기엔 너무 쓸모없는 무기인데. 형태를 분석한 결과 이것은 무언가를 치기에 적당한 도구 같군."

그가 나를 보며 처음 꺼낸 말이었다. 굵고, 나이가 좀 있는 어른의 목소리였다.

"도대체 누구세요? 왜 남의 집에 왔어요?"

"인사를 먼저 하고 싶었는데 통역 송신기에 오류가 생겨서 늦어졌어. 이제 편하게 대화할 수 있어. 너에게 맞는 언어와 목소리를 찾았거든. 내 이름은 휴 빌. 외계 행성 자쉬드에서 왔어."

헬멧으로 보였던 것이 사라지면서 그의 얼굴이 나타났다. 예상대로 나이 든 아저씨의 모습이었는데 특이하게 눈동자가 은색이었다. 태어나서 처음 보는 눈동자 색깔이었다.

"지금 어디 별나라에서 왔다고 말한 거예요?"

"별나라가 아니라 외계 행성 자쉬드."

"그러니까 아저씨는 지구인이 아니라 외계

인이라는 얘기네요."

"너의 기준에서는 내가 외계인일 수 있지."

"집이 흔들리고 마당이 이렇게 된 것도 아저씨 때문이에요?"

"맞아."

"집 안이 엉망이 된 건 뭐라 안 할 테니까, 마당은 원래대로 해 놔요. 망가진 화단도 다 고쳐 놔요. 저는 너무 피곤해서 자러 갈게요."

외계인이 벌인 소동 때문에 잠잘 시간이 줄어들어서 화가 났다.

"지구인은 외계인을 보면 당황하거나 경계한다는 데이터가 있는데, 너는 예상값에서 벗어난다."

"사실 놀랐어요. 근데 지금 저는 너무 피곤

해요. 오늘은 학교 수업도 많았고 알바도 늦게까지 했어요. 혹시 지구인을 제대로 만나고 싶으면 미국에 있는 나사에 가 보세요. 거기 가면 아주 난리가 날 거예요. 그럼 조심히 가세요."

외계인의 존재를 믿었던 할아버지 덕분일까. 외계인이 눈앞에 있어도 충격은 크지 않았다. 더 말할 기운이 없어서 집으로 들어갔다.

할아버지는 자신의 일생을 먼 우주에 맡긴 과학자였다. 할아버지는 외계 생명체를 만나기 위해 연구했지만, 정부도 어떤 기관도 할아버지의 연구를 지원해 주지 않았다. 그들에게 할아버지의 연구는 과학이 아니라 허황된 꿈일 뿐이었다. 연구소에서 나온 할아버지는 포기하지 않고 혼자서 외계 생명체를 계속 연구했다. 우리 집은 할아버지에게 연구실과 같은 공간이었다.

만약에 지금 할아버지가 있었다면 어땠을까. 할아버지는 외계인의 손을 잡고 기쁨과 감동의 눈물을 흘렸을지도 모른다. 하지만 나는 외계인을 만났다고 호들갑을 떨기에는 해야 할 일이 너무 많았다. 방바닥에 떨어진 물건을 그대로 내버려둔 채, 이불 위에 누웠다.

'아, 외계인이랑 인증샷이라도 찍어 둘걸.'

잠깐 아쉬운 마음도 들었지만 바로 잠이 들었다.

눈을 뜨자마자 주위를 둘러봤다. 방 안에 떨

어졌던 물건들이 모두 제자리에 있었다. 잠자리에서 일어나 창문을 열었다. 눈을 비비며 마당을 한참 동안 봤다. 마당 한가득 파인 구멍은 어느새 깨끗하게 메어 있었고, 망가진 화단도 원래대로 돌아와 있었다.

'꿈을 꿨나.'

어젯밤 GS-27에서 들리는 잡음 때문에 이상한 꿈을 꾼 건지도 모른다. GS-27의 전원을 끄고 싶었지만 겨우 참았다. 너무 생생한 꿈을 꿔서 그런지 몸이 피곤했다. 학교에 지각하지 않으려면 빨리 움직여야 했다.

정신을 차리고 방문을 여는데 코트의 통통한 엉덩이가 보였다. 코트는 그릇에 코를 박고 물을 마시고 있었다. 순간 불길한 예감이 들었다. 내가 언제 물을 채워 놨지? 예감이 맞았다. 부엌에서 그가 요리하고 있었다. 마치 자기 집인 것처럼 할아버지가 늘 사용하던 앞치마까지 두르고 있었다.

"아저씨! 아저씨가 왜 여기에 있어요?"

"일어났나? 너도 아침 먹어. 청소년기는 영양 섭취가 중요한 시기야. 아직 성장 중이라서 균형 잡힌 식사가 무엇보다 필요해. 너를 분석한 결과 또래보다 키는 크지만 몸무게는 미달이야."

그가 차린 아침 밥상에는 5대 영양소가 골고루 다 있었다. 우리 집 냉장고에 저런 재료가 있는지도 몰랐다. 외계인이 차려 주는 밥이라니. 나는 너무 어이가 없어서 무슨 말을 해야 할지 몰랐다.

“네 동생은 먼저 아침을 먹었어. 난 너랑 먹으려고 기다렸어.”

설마 코트가 동생이라는 건가, 황당했다. 코트는 내 마음을 아는지 모르는지 어느새 외계인 앞에 와서 애교를 부리고 있었다. 내 손이 살짝만 닿아도 신경질을 부리던 코트가 외계인에게 자신의 배를 보여 주며 좋아했다.

“여기 음식은 따뜻할 때 먹어야 더 맛있다고 하던데, 어서 먹지.”

그는 밥상을 가리키며 나에게 말했다. 정성스럽게 차려진 밥상을 보니까 배에서 꼬르륵 소리가 났다. 그는 맛있게 밥을 먹었지만, 나는 한 숟가락도 뜨지 않았다. 그의 밥그릇은 어느새 깨끗하게 비어 있었다.

"난 잘 먹었어. 여기 음식은 다 맛있군."

그가 주인이고 내가 손님인 것 같았다.

"아저씨, 참 뻔뻔하네요. 주인 허락도 받지 않고 어떻게 자기 마음대로 해요?"

"네 말이 맞아. 미안하다."

휴 빌이 너무 순순히 인정해서 좀 놀랐다.

"아무튼 밥도 먹었으니까 이제 돌아가세요."

"넌 내가 조사한 정보랑 많이 달라. 또래 청소년과 비교하면."

"그래요. 저는 다른 애들과 달라요. 부모님은 안 계시고, 함께 살던 할아버지도 작년에 돌아가셨어요. 내 몸 하나 챙기는 게 제일 중요해요. 저는 아저씨한테 신경 쓸 시간이 없어요. 그러니까 빨리 가셨으면 좋겠어요.”

휴 빌의 말을 더 듣고 싶지 않아서 내가 하고 싶은 말만 내뱉었다. 나는 그가 바로 나갈 수 있게 현관문을 열어 줬고, 그는 잠시 머뭇거리다 집 밖으로 나갔다. 날 보며 뭔가 말하려고 입을 벙긋거렸지만 못 본 척하고 문을 닫아 버렸다.

수업 시간이면 늘 졸았는데, 외계인이 생각나서 졸지도 못했다. 혹시라도 휴 빌이 집에 다시 찾아오거나 집 근처에 있을까 봐 걱정됐다. 일상을 흔드는 새로운 상황은 결코 반가운 일이 아니었다. 어제와 다른 오늘이 아니라, 어제와 같은 오늘이 더 좋은 거라고 생각했다.

엄마 아빠가 사고로 세상을 떠난 후, 나의 일상은 완전히 달라졌다. 그리고 할아버지가 돌아가시자 모든 게 또다시 변했다. 당연하게 여겼던 일들이 당연하지 않았다. 어제가 어쩌면 나에게는 가장 소중한 시간일지도 몰랐다.

학교 수업이 끝나자마자 빠르게 가방을 쌌다. 아르바이트에 늦지 않으려면 서둘러야 했다. 교실을 나가려는데 회장이 나를 불렀다.

"이무한! 돈 언제 줄 거야?"

"무슨 돈?"

질문을 되묻자 회장은 짜증스러운 표정을 지었다.

"체육 대회 반 티 맞춘다고 했잖아? 3만 원이니까 빨리 줘."

"무슨 티가 그렇게 비싸?"

"야, 이 정도면 싼 거야. 고작 3만 원인데 쪼잔하게."

나는 지갑에서 3만 원을 꺼내서 회장에게 줬다. 어차피 줄 돈이면 아무 말 없이 그냥 줘 버릴 걸 후회가 됐다. 회장에게는 고작 3만 원이겠지만, 3만 원이면 마트에서 보름치 장을 볼 수 있다. 예상에 없던 지출이 생기면 한숨부터 나왔다. 나갈 돈은 점점 많아지고 벌 수 있는 돈은 한정적인 게 문제였다. 조금이라도 생활비에 보태려고 괜찮은 물건들은 중고 거래로 거의 팔았는데, 뭘 더 팔아야 할지 고민됐다. 집에 남아 있는 물건은 대부분 고장 난 거였다. 그나마 멀쩡한 물건은 GS-27인데 중고 거래에 올릴 수는 없었다. 정확히 어디에 사용하는 물건인지도 모르고, 무엇보다 할아버지의 부탁을 아직은 지키고 싶었다.

아르바이트하는 가게는 저녁 시간 전인데도 주문이 많았다.

“배달 밀렸으니까 빨리 준비해!”

사장님이 빠르게 포장하며 말했다.

주문서를 보니까 오늘도 쉴 틈은 없을 것 같았다. 빨리 옷을 갈아입고 음식을 오토바이에 실었다. 시동을 걸기 전에 배달할 주소의 동선을 미리 파악했다. 오토바이 헬멧을 쓰는 순간 잠깐 외계인이 생각났지만 고개를 흔들었다. 한가하게 딴생각할 시간이 없었다.

내가 일하는 가게는 우리 동네에서 매상 1위였고, 서울 전 지역에 배달했다. 음식이 맛있으니까 사람들은 기꺼이 배달료를 더 내고 멀리서도 주문했다. 가게의 오랜 단골들이 주문하면 나는 어느 곳이든 배달했다. 아르바이트 중에서 배달 일이 시간 대비 임금이 높지만, 나이 제한 때문에 전문 배달 업체 일은 할 수 없었다. 그래도 나는 운이 좋아서 가게 전담 배달 아르바이트를 할 수 있었다.

특히 내가 일하는 곳은 매상이 높은 가게다운 계산법이 있었다. 배달 건당 거리에 맞게 임금을 주는 건 당연했고, 배달을 예상 시간보다 빨리하면 그에 따르는 성과급이 있었다. 그러니까 내가 좀 더 빨리 움직이면 그에 대한

노력을 인정했다. 아직은 성과급을 받지 못했지만, 오토바이 타는 일이 익숙해지면 가능할 것 같았다.

'오늘도 더 빠르게! 많이!'

속으로 구호를 외치고 오토바이를 탔다. 열심히 움직이는 만큼 내일은 덜 불안하겠지.

마지막 배달이 밤 10시에 끝났다. 평소보다 늦게 끝나서 초조한 마음으로 동네 마트로 달려갔다. 마트 계산대 앞에 있는 할인 특가 진열대가 텅 비어 있었다. 이 시간대에 오면 자주 마주치는 아주머니와 아저씨가 할인 가격이 붙은 제품들을 이미 계산하고 있는 게 보였다. 겨우 10분 늦었는데 이렇게 허탕을 칠 줄은 몰랐다. 특히 아저씨가 들고 있는 도시락에 눈이 갔다. 고기반찬이 많은 그 도시락은 인기가 좋아서 할인 가격으로 나오는 경우가 거의 없었다. 나보다 운이 좋은 아저씨가 반값에 도시락을 손에 넣은 거였다.

마트는 문을 닫기 직전에 소비 기한이 임박한 제품들을 할인된 가격으로 팔았다. 그래서 나는 장을 볼 때면 항상 늦은 시간에 왔다. 2900원짜리 우유를 1450원에 살 수 있고, 4800원짜리 햄을 1500원에 살 때도 있었다. 할인 상품을 사면 생활비를 많이 줄일 수 있어서 좋았다. 그동안 경쟁자가 거의 없었는데, 요즘에는 나처럼 마감 전에 장을 보러 오는 사람이 많아져서 빨리 움직이지 않으면 물건을 제대로 구할 수가 없었다. 어느 곳이든 다 치열해졌다. 아르바이트를 할 때도 장을 볼 때도 더 빠르게 움직여야 했다.

빈손으로 대문을 여는데 코트가 보이지 않았다. 코트는 우리 집에 오면 주로 마당에 있다가 잠을 잘 때만 집 안으로 들어왔다. 나름 예의 있는 고양이라서 내가 오기 전에는 집에 먼저 들어가지 않았다. 코트가 오면 귀찮아도 막상 보이지 않으면 허전한 마음이 들었다. 언제 올지 모르는 코트를 생각하며 마당 주변을 두리번거리다 집 안으로 들어갔다.

현관문 입구에 달린 등이 나갔는지 불이 켜지지 않았다. 거실에 있는 GS-27의 초록빛 덕분에 그나마 앞이 보여서 들어가 거실의 전등을 켰다. 어두웠던 거실이 환해지자 깨끗하게 정리된 부엌과 거실이 눈에 들어왔다.

'내가 오늘 청소하고 나갔나?'

깨끗한 집이 이상했지만 피곤해서 그냥 거실 바닥에 드러누웠다. 편하게 쉬려는데 현관문에서 소리가 났다. 순간 너무 놀라서 자리에서 벌떡 일어났다. 현관문이 천천히 열리더니 휴 빌이 자기 집처럼 아무렇지 않게 들어왔다.

"비밀번호는 어떻게 알았어요? 왜 또 왔어요?"

"이 문에 비밀번호가 있었나? 쉽게 열리던데."

아무리 외계인이라도 이런 무례함을 더 이

상 참을 수 없었다. 남의 집에 허락도 받지 않고 또 들어오다니. 화가 나서 그의 앞을 가로막았지만, 그는 아랑곳하지 않고 자기 말을 시작했다.

"너에게 이 상황을 설명하고 싶었는데 계속 말할 시간이 없었어. 어제도 오늘도 너는 너무 바빴으니까. 너에게 꼭 묻고 싶은 것도 있어. 그래서 집 근처에서 널 기다리다가 네 동생을 만났는데, 동생이 다쳐서 데리고 왔어."

그는 손에 들고 있던 종이 상자를 바닥에 내려놓았다. 상자 안에는 코트가 눈을 감은 채 누워 있었다. 얼른 코트를 살펴보니 오른쪽 발목에서 피가 나고 있었다. 발에 조심스럽게 손을 댔는데, 코트가 움찔하며 눈을 찡그렸다.

휴 빌에게 따질 상황이 아니었다.

"많이 아픈가 봐요. 병원에 가야 될 것 같은데……."

동물 병원에 당장 달려가고 싶었지만 치료비가 문제였다. 코트는 의료 보험이 없는데. 지갑을 열어 보니 버스 카드 한 장밖에 없었다. 그때 책상 서랍 속에 넣어 둔 봉투가 떠올랐다. 수학여행 경비를 마련하려고 돈을 조금씩 모으고 있었다. 서랍에서 봉투를 꺼내려는데, 휴 빌이 코트를 살며시 안아서 바닥에 눕혔다. 그리고 주머니에서 볼펜처럼 생긴 기구를 꺼냈다. 휴 빌은 기구를 코트의 상처 난 발목 위로 몇 번 왔다 갔다 움직였다. 기구가 움직일 때마다 붉은빛이 깜박거렸고 코트는 괴

로운 듯이 소리를 냈다. 붉은빛이 꺼졌을 때 피가 나던 상처도 아물었다.

"어떻게 한 거예요?"

"레이저로 상처를 봉합했어. 세포를 재생시켰으니까 며칠만 지나면 괜찮아져."

믿기 어려운 상황을 눈으로 직접 보니까 그가 외계인이라는 사실이 실감 났다.

"네 동생은 왜 밖에서 계속 돌아다니는 거지? 내가 이곳 주변을 살펴보니까 네 동생이 다니기에 위험한 게 많던데."

"얘는 내 동생이 아니라 고양이예요. 우리 집에 살지 않고 가끔 놀러 오는 거예요."

"어쩐지 둘이 형제 같지는 않았어. 생김새도 다르고 나를 대하는 태도도 너무 다르고."

고양이와 내가 형제라니. 할아버지도 내가 코트 형이라며 코트가 오면 잘 보살피라고 했었다. 치료를 받고 그대로 잠이 든 코트를 보니까 안쓰러웠다. 어쩌면 코트는 할아버지를 만나고 싶어서 우리 집에 오는 건지도 몰랐다. 이제는 할아버지를 볼 수 없다는 걸 코트도 알고 있을까. 담요로 코트를 덮어 주고 조용히 휴 빌에게 말했다.

"아무튼 코트를 도와줘서 고마워요."

"내 얘기를 아직 못 했는데 지금 해도 될까?"

휴 빌의 말대로 그의 얘기를 다 듣지 않았다. 내가 너무 바빠서 외계인과 대화조차 못 나눴다고 하면 누가 들어도 웃을 것 같았다.

"알겠어요. 대신 간단하게 말해 주세요. 알바 다녀와서 지금 너무 피곤해요."

나는 얘기를 편하게 듣기 위해 바닥에 앉았고, 그도 나를 따라서 옆에 앉았다.

"내가 여기에 온 이유는 네가 보낸 신호 때문이야. 처음에는 의미 없는 잡음이라고 생각했어. 하지만 계속 반복해서 신호가 와서 여기에 왔어."

"저는 신호를 보낸 적이 없어요."

그가 팔을 뻗으며 손바닥을 폈다. 손바닥 위로 빛이 나오더니 태양계의 좌표를 표시하는 홀로그램이 나타났다.

"신호가 발생한 곳은 분명히 이 집이 맞아."

태양계를 보여 주던 지도가 점점 축소되면

서 대한민국 서울시에 있는 우리 집이 좌표 지점으로 나왔다.

"뭔가 잘못된 게 아닐까요? 메시지 내용이 뭐였어요?"

"푸른 하늘 은하수 하얀 쪽배에 계수나무 한 나무 토끼 한 마리 돛대도 아니 달고 삿대도 없이 가기도 잘도 간다 서쪽 나라로 은하수를 건너서 구름 나라로 구름 나라 지나선 어디로 가나 멀리서 반짝반짝 비치이는 건 샛별이 등대란다 길을 찾아라."

그는 내가 밤마다 불렀던 노래를 한 글자 한 글자 또박또박 말했다.

"그건 메시지가 아니라 동요예요. 코트를 재우려고 부른 자장가예요. 이거 때문에 여기까지 오다니…….”

먼 외계에서 온 이유가 이 노래 때문이라니. 휴 빌은 팔목에 찬 기계의 동그란 버튼을 하나 눌렀다. 홀로그램 헬멧이 바로 나타났다. 헬멧 정면에는 모니터 화면처럼 숫자와 기호가 계속 왔다 갔다 했다. 헬멧이 다시 사라지고 그의 얼굴이 나타났다.

“데이터 확인 결과 이건 분명 어린이 노래가 맞군.”

“방금 헬멧으로 노래를 찾았죠? 인터넷 검색기예요?”

“JAI라는 거야. 데이터 분석과 학습이 동시에 이루어져. 데이터를 기반으로 정보 생성도 가능하지. JAI 시스템과 뇌 신경이 연결돼서 나도 자동으로 정보를 습득할 수 있어."

"그럼 뭐든 다 할 수 있겠네요."

"입력과 결과는 다른 문제야."

입력과 결과 값에 차이가 나더라도 실망하지 말라는 할아버지의 말이 떠올랐다.

"이 「반달」이라는 노래를 지금 불러 줄 수 있어? 확인이 필요해서 그래."

"됐어요. 제가 왜 불러요?"

"알았어, 내가 하지. 푸, 른, 하, 늘, 은, 하, 수!"

그가 큰 목소리로 가사를 외쳤지만 아무 일도 일어나지 않았다.

"확인을 해야 내가 돌아갈 수 있는데."

일부러 나 들으라고 얘기하는 것 같았다. 내

키지 않았지만 그를 돌려보내려면 노래를 부르는 수밖에 없었다. 내가 노래하자 GS-27 계기판의 바늘이 돌아가기 시작했다.

"이것 때문이었군. 이 기계가 네 노래를 신호로 인지해서 우주로 송신한 거야. 이건 네가 만든 건가?"

"할아버지가 만든 거예요. 할아버지는 과학자셨고 외계인이 있다고 믿었어요. 그 기계 이름은 GS-27인데, 계속 실패하다가 27번째 만에 완성했다는 뜻이에요. 할아버지는 GS-27이 우주까지 신호를 보낼 수 있다고 믿었는데. 저것 때문에 아저씨가 온 거라면 할아버지의 꿈이 이뤄진 거네요. 할아버지가 계셨으면 나보다 더 얘기가 잘 통했을 텐데."

"할아버지는 네 음성을 GS-27 주파수와 연결해서 신호를 만들었어. 다른 사람의 음성으로는 이 신호를 만들지 못해. 지구에도 이런 기술이 있다니 놀랍군."

그의 얘기를 듣자 할아버지가 내 목소리를 녹음했던 기억이 떠올랐다. 그때 난 할아버지한테 귀찮게 왜 녹음하냐고 심드렁하게 물었다. 할아버지는 좋은 목소리는 멀리 있어도 마음을 움직인다고 했다. 할아버지의 말을 이해하지는 못했지만, 그날 함께 녹음한 할아버지와 내 목소리를 몇 번이고 반복해서 들었었다.

현실 같지 않은 이 상황을 누구보다 기다린 건 할아버지였다. 할아버지의 빈 자리를, 할아버지가 이제 곁에 없다는 사실을 새삼 깨달았다. 할아버지가 눈을 감기 직전에 나에게 했던 말이 생각났다.

"할아버지는 우주로 간다. 우리는 우주에서 다시 만날 거야."

그때는 말도 안 되는 소리라고 할아버지에게 말했지만, 어쩌면 나는 그 말을 진짜 믿고 싶었는지도 모른다. 할아버지 말이 맞았다. 지금 내 앞에 휴 빌이 있다. 어쩌면 할아버지도…….

"네 눈이 빨개지고 있어. 무슨 이상이 있나?"

휴 빌의 말에 당황해서 눈을 재빨리 비볐다.

"아니에요. 아무튼 GS-27과 제 노래가 원인이었네요. 이제 원인을 알았으니까 다시 돌아갈 거죠?"

"자쉬드에는 지금 생명체가 없어. 과학 기술이 발전할수록 행성은 황폐해졌고 생명체가 살 수 없는 곳이 돼 버렸어. 결국 우리는 자쉬드 행성을 떠날 수밖에 없었어. 자쉬드인은 각자의 비행선을 타고 우주를 떠도는 중이야. 나도 우주를 헤매며 자쉬드에 다시 돌아갈 때까지 지낼 만한 곳을 찾고 있었어. 네가 보낸 신호를 들었을 때 고향 생각이 났어. 지구에 와 보니 자쉬드 행성과 비슷한 점이 많아서 이곳이 궁금하긴 해. 지구에 잠시 머무는 동안 널 불편하게 만들 생각은 없어. 하지만 비행선이 이 집 땅속에 있어서 다른 곳에 갈 수가 없어. 내가 여기 있어야 비행선의 문제를 고칠 수 있으니까. 비행선 통제 시스템을 수시로 확인하지 않으면 더 큰 문제가 생길지도 몰라. 오류를 잡아내면 바로 떠날 수 있어. 당분간 여기서 머물러도 될까? 부탁해."

내 생활을 챙기기도 벅찬데 같이 사는 사람이 늘어나다니. 그렇지만 할아버지와 내가 만든 신호 때문에 휴 빌이 지구에 오게 된 거였다. 그의 부탁을 거절할 수도 그렇다고 바로 받아들일 수도 없었다. 그때 잠에서 깬 코트가 천천히 걸어오더니 휴 빌 옆에 앉았다. 그리고 동그란 눈으로 나를 보며 소리를 냈다. 손님을 어서 받아 주라고 말하는 것 같았다. 노래를 부르지 않으면 울음을 멈추지 않던 모습과 비슷해 보였다. 휴 빌도 코트가 자신의 편이라는 걸 아는 듯이 코트의 등을 살며시 쓰다듬었다.

“너와 동생에게 피해 주는 일은 없을 거야.”

“코트는 제 동생이 아니에요.”

“알겠어, 너와 네 동지 코트.”

코트는 동지도 아니라고 말하려다 그만두었다. 이 집에서 할아버지를 기억하는 건 나와 코트니까 서로 동지가 맞을지도 몰랐다.

“좋아요, 대신 숙박비는 내세요. 에어비앤비라고 생각하면 돼요. 그냥 지내라고 하고 싶지만, 식구가 늘어나면 그만큼 돈이 들어가요. 요즘에 가스비도 전기료도 올랐어요. 물가도 너무 많이 올랐고요. 부잣집 지구인을 만났다면 더 좋은 대우를 받았을 텐데. 모든 지구인이 저처럼 계산적이지는 않아요. 그건 오해하지 마세요."

"너는 합리적으로 말하고 있어. 너의 요구대로 할게."

나는 환영의 의미로 그에게 손을 내밀었다. 그도 나를 따라서 손을 내밀었다. 외계인과의 첫 악수였고 그의 손은 따뜻했다. 악수를 하자 그의 은색 눈동자가 순간 푸른색으로 빛났다.

*

외계인 휴 빌과 함께 지내는 일은 생각보다 나쁘지 않았다. 그는 특별한 재주가 있었는데 고장 난 기계를 새 물건처럼 만들었다. 그 덕분에 생활이 편해졌고 시간의 여유가 더 생겼다. 냄비 대신 전기밥솥으로 밥을 지었고, 하나만 불이 들어오던 가스레인지도 이젠 양쪽 다 사용할 수 있었다. 중간중간 멈췄던 세탁기도 멈추지 않았다. 그리고 그는 집 구석구석에서 사용하지 않는 물건을 찾아내 쓸 만한 물건으로 만들어 냈다. 오래된 보온 도시락을 분해해서 이것저것 손보더니 반찬 통으로 쓰라고 했다. 중고 거래 사이트에 올리면 좋아하는 사람들이 있을 것 같았다. 나는 계속 그의 손재주에 감탄했다. 내가 손재주라고 말하면 그는 기술력이라고 매번 고쳐서 말했지만. 아무튼 그의 기술력 덕분에 창고에 있던 망가진 물건들이 하나씩 멀쩡한 모습으로 돌아왔다.

집안일을 할 때만 빼고, 그는 대부분의 시간을 비행선을 연구하는 데 사용했다. 크게 띄

워 둔 홀로그램 화면에는 비행선 설계도가 항상 떠 있었다. 홀로그램은 벽면 크기만큼 키울 수도 있고 손바닥 정도로 작게 만들 수도 있었다. 화면에는 숫자와 기호, 도형이나 그래프 같은 것이 잔뜩 떠 있었다. 그것들이 무엇을 의미하는지 모르지만 비행선의 고장 원인을 찾는 것 같았다.

그가 홀로그램 설계도를 보며 고민하는 모습은 할아버지가 책을 펼치고 연구하던 모습과 비슷해 보였다. 연구하는 할아버지의 뒷모습을 보면 마음이 편하고 안전하다는 느낌이 들었다. 휴 빌을 보면 자꾸 할아버지 생각이 나서 고개를 돌렸다.

휴 빌이 우리 집에서 지낸 지 일주일이 됐을 때 할아버지가 쓰던 선글라스를 그에게 줬다.

"이건 뭐지?"

"선글라스예요. 자외선을 막아 주는 기능이 있어요."

"자쉬드인의 눈은 자외선에 강해. 이런 도구는 필요 없어."

"밖에 나가면 이걸 쓰세요. 아저씨 눈동자 색이 특이해서 사람들 눈에 띄어요. 이걸 쓰면 다른 사람들이 아저씨 눈을 볼 수 없어요."

"무슨 말인지 이해했어. 밖에서는 꼭 착용할게. 나도 너에게 줄 게 있어."

휴 빌은 하얀 봉투를 나에게 건넸다.

"숙박비."

나는 봉투를 받고 금액을 확인했다. 예상했던 금액보다 훨씬 많았다. 내가 받아야 할 돈을 제외하고 나머지는 그에게 돌려줬다.

"너무 많아요. 이 정도면 되니까 나머지는 가져가세요."

"나는 이 돈을 쓸 곳이 없어. 너는 돈이 필요하니까 다 가져가도 돼."

"제가 그 돈을 받으면 기대가 생겨요."

그가 모르겠다는 얼굴로 나를 쳐다봤다.

"행운을 바라게 된다는 거예요. 그러면 부작용이 생겨요. 쉽게 말해서 아저씨가 자주 말하는 오류라는 게 생겨요."

"예측할 수 없는 상황을 말하는 거군. 무슨 말인지 알았어."

그는 고개를 끄덕이며 봉투를 받았다.

할아버지가 돌아가시고 나 혼자 남게 되자 주변 사람들은 안타까워하며 도움을 줬다. 할아버지와 종종 가던 식당이 있었는데, 내 상황을 알게 된 식당 사장님은 손을 잡고 눈물을 글썽이며 언제든지 와서 밥을 먹으라고 했다. 사장님의 배려가 고마웠고 식당에서 저녁을 먹을 때마다 따뜻함을 느꼈다.

하지만 따뜻한 무언가는 식기 마련이다. 어느 날 여느 때와 같이 북적이는 식당에 들어섰다. 운 좋게 빈자리 하나가 남아 있었다. 자리로 가려는데 뒤이어 다른 손님이 들어왔다. 멈칫한 순간 사장님의 난감한 표정과 마주쳤다. 타인의 도움은 기한이 정해져 있다는 걸,

행운처럼 빈자리가 늘 있지는 않다는 걸 그때 알았다.

부모님이 떠난 후에 사람들은 내가 할아버지와 함께 살게 돼서 행운이라고 했다. 할아버지가 돌아가신 후에는 주변에 나를 도와주는 사람이 있어서 행운이라고 했다. 하지만 그 행운이 항상 내 곁에 있는 건 아니었다. 행운이 없더라도 그냥 그대로인, 어제와 같은 오늘이 가장 소중했다.

아르바이트에 가려고 준비하는데 휴 빌이 따라오고 싶다고 했다.

"나는 일하러 가요. 같이 못 가요."

"방해하지 않을게. 네가 어떻게 일하는지 궁

금해.”

“계속 오토바이를 타고 배달하느라 정신이 없어요. 그러니까 다른 곳에 가 봐요.”

“너에 대한 정보는 많이 수집했지만 직접 보면 정보의 신뢰도가 올라가지 않을까?”

휴 빌이 내 일에 관심을 보여서 당황했다.

“너는 언제 공부하지? 네가 사는 대한민국은 대학 진학이 중요하고, 지금이 너한테 최적의 학습 시기던데.”

“JAI로 별걸 다 조사하네요. 제 공부는 제가 알아서 해요.”

나는 짜증스럽게 말했다.

“돈 때문에 공부 시간을 줄이는 건가?”

“알면서 왜 물어요?”

“정부에서 주는 자립 청소년을 위한 지원금이 있잖아. 물론 1인 가구의 생활비로 액수가 부족하긴 하지만, 평소에 너는 소비 억제를 잘하고 있어서 지원금으로 생활이 가능하다는 예측값이 나왔어. 학습을 미루고 지금 돈을 더 벌어야 하는 이유가 있어?”

휴 빌은 JAI를 통해서 정보를 빠르게 수집하고 있지만, 수집된 정보와 현실의 빈틈을 알지 못했다.

“아저씨, 지구에서 찾은 데이터를 너무 믿지 마세요. 특히 우리나라 데이터는 너무 빨리 변해요. 아마 변하는 속도만큼은 이곳이 우주 최고일지도 몰라요. 저는 데이터 밖에 있는 대상이에요. 미성년자고 생계를 혼자 책임져도 지원금을 받을 자격이 안 돼요."

"이유가 뭐지?"

"이 집 때문이에요. 아무리 낡고 오래된 집이라도 제가 가진 재산이라서 지원금을 받을 수 없대요."

"집을 처분하면 되잖아."

"미성년자가 부동산 거래를 하려면 절차가 엄청 복잡해요. 후견인이 있어야 하는데 저는 친척도 없고 가까운 어른도 없어요. 요즘 부동산 사기도 많아서 정신 똑바로 차려야 돼요. 생활비는 내가 벌 수밖에 없어요. 그래도 집이 있어서 다행인 거예요. 만약에 집이 없었다면……. 상상도 하기 싫어요."

"그렇다면 너는 당장 눈앞에 있는 문제를 해

결하기 위해 일을 하는 거군."

휴 빌은 수긍한 듯이 고개를 끄덕였다.

"그럼 친구들은 언제 만나서 놀아? 너는 친구들과 교류를 안 하던데. 또래 집단에서 배울 수 있는 것도 많아. 알바를 안 하는 날에도 집에만 있잖아."

휴 빌의 질문은 멈출 것 같지 않았다.

"그만 좀 해요! 아저씨가 뭔데 잔소리예요?"

"돈 버는 일이 필수이듯이 인간 사이의 네트워크도 중요해. 지금 네 나이는 오류를 발견하고 수정할 수 있는 좋은 시기야. 경험치가 많은 자의 조언을 참고하면 더 나은 결과를 만들 수 있어."

"그런 조언은 필요 없어요. 아저씨는 어차피

떠날 거잖아요."

나는 더 말을 하지 않고 집 밖으로 나왔다. 휴 빌의 잔소리 때문에 짜증이 났는데, 이상하게 서글픈 마음이 들었다. 나에 대해서 궁금해할 사람은 이제 아무도 없다고 생각했다. 그리고 그게 더 편하다고 생각했는데. 대문 열리는 소리가 뒤에서 들렸다.

"이거 마셔. 비타민이야. 배달하느라 피곤하잖아."

휴 빌은 텀블러 하나를 내 손에 쥐여 줬다. 나는 고맙다는 인사도 하지 않고 뒤돌아서 앞만 보고 걸어갔다.

"잘 다녀와!"

휴 빌의 굵은 목소리가 크게 들렸다. 골목이

끝날 때까지 휴 빌의 목소리가 나를 따라왔다.

예보에 없던 비가 쏟아졌다. 오토바이 운전 중에 갑자기 비를 맞는 건 처음이었다. 비가 너무 거세게 내려서 시야 확보가 어려웠다. 최대한 속도를 줄이고 앞차와의 거리를 유지하며 운전했다. 2킬로미터만 더 가면 가게에 도착하고 오늘 배달은 끝이 난다.

가게 근처에서 마지막 신호를 받기 위해 속도를 줄이는데, 오토바이 바퀴가 뭔가에 걸리는 느낌이 들었다. 브레이크를 세게 잡자 오토바이가 왼쪽으로 기울어졌고, 거치대에 꽂아 뒀던 텀블러가 빠져 버렸다. 텀블러를 잡으려고 손을 뻗는 순간 균형을 잃고 몸이 땅으로 떨어졌다. 너무 놀라서 눈을 질끈 감았다.

다시 눈을 떴을 땐 하늘에서 무섭게 쏟아지는 빗줄기만 보였다. 땅바닥에 누워 있는 게 분명한데 등에서 푹신한 촉감이 느껴졌다. 움직이려고 해도 몸이 말을 듣지 않았다. 빨리 일어나서 집에 가고 싶었다. 귓가에 빗소리만 가득했다. 그때 익숙한 목소리 하나가 또렷하게 들렸다.

"무한아."

일어나 보니 집이었다. 코트가 머리맡에서 나를 보고 있었다. 코트의 동그란 눈을 보자 안심이 됐다. 벽시계를 보니 점심이 지난 시간이었다. 머리는 멍해도 몸은 아프지 않았다.

'어떻게 집에 왔지? 어젯밤에 사고가 났는데. 오토바이는 어딨지?'

정신이 들자 제일 걱정이 되는 건 오토바이였다. 오토바이가 망가졌으면 큰일이었다. 휴대폰을 찾아서 가게 사장님에게 전화했다.

"무한이니? 무슨 일이야?"

"아니, 어제는 제가……."

"삼촌한테 얘기 들었어. 삼촌이 완전 기술자던데. 오토바이가 예전보다 더 쌩쌩해졌어."

사장님의 얘기가 무슨 말인지 이해가 안 됐다. 삼촌이라니. 이모, 고모, 삼촌 같은 호칭을 누군가에 써 본 경험이 없었다. 우리 집은 처음부터 가족이 많지 않았다. 엄마 아빠 모두 형제가 없었고, 외할아버지와 외할머니는 내가 태어나기 전에 돌아가셨다고 했다. 이불을 정리하고 거실로 가니 휴 빌의 뒷모습이 보였다. 사장님이 말한 삼촌이 누구인지 알 것 같았다.

부엌에서 식사를 준비하고 있는 휴 빌에게 말을 걸었다.

"아저씨, 어제 어떻게 된 거예요?"

"너는 오토바이 주행 중에 사고가 났어. 움푹 파인 도로 때문에 바퀴가 튕겼고 빗길이라서 오토바이는 중심을 잃고 미끄러졌어."

"근데 왜 저는 다친 곳이 없죠?"

"네 옆에서 달리던 화물차에 스티로폼이 가득 실려 있었어. 네가 미끄러지기 직전에 스티로폼이 바닥에 떨어졌고 네가 그 위로 넘어졌어. 스티로폼이 보호물 역할을 한 거야."

"어떻게 그런 우연이 있어요?"

"우연이 아니라 내가 화물차의 주행을 제어했어. 우리 자쉬드 행성은 컨트롤 기술력이 뛰어나. 지구도 컨트롤 시스템으로 작동되는 게 많아. 다만 지구의 컨트롤 기술은 자쉬드에 비해서 많이 부족하지."

무슨 말인지 전혀 이해할 수 없었다.

"특정 기계나 전자 시스템을 원하는 상태로 유지하거나 움직이게 만드는 것이 컨트롤이야. 밤이 되면 자동으로 켜지는 가로등을 본 적 있지? 가로등도 전기 컨트롤 기술을 통해 만든 거야. 더 쉽게 말하면 에어컨이나 냉장고의 온도를 조절하거나 리모컨으로 가전제품을 작동하는 거. 이런 것들이 다 컨트롤 기술이 사용된 거야."

"그럼 아저씨는 모든 기계를 제어할 수 있어요?"

"전기, 가스, 자력 같은 에너지를 사용하는 것은 컨트롤이 가능해."

"컨트롤 기술이 그렇게 발달해도 행성이 황폐해지는 건 막지 못했나 봐요."

어떤 말에도 즉각적으로 대답하던 그가 아무 말도 안 했다.

"미안해요. 저도 모르게."

"괜찮아, 네 말이 맞아. 컨트롤 기술이 발달하면서 자쉬드는 효율성의 극단을 추구했어. 우리는 모든 것을 원하는 상태로 조정하거나 유지하는 것이 최종 목표였어. 그래서 변수를 최대한 제거하는 게 필요했지. 문제는 생명체에게 일어나는 변수는 완벽하게 통제할 수가 없었어. 메인 컨트롤 시스템은 변수 통제가 안 되는 생명체를 가장 효율성이 떨어지는 존재로 인식했고, 생명체를 가차 없이 소거하기 시작했어. 결국 생명이 아닌 무기체 시스템이 모든 걸 지배하게 됐고, 우리는 행성을 떠나면서 메인 컨트롤 시스템을 폭발시켰어."

그의 목소리에 쓸쓸함이 묻어 있었다. 휴 빌의 컨트롤 기술이 화물차를 움직였고 덕분에 나는 다치지 않았다. 하지만 그 컨트롤 기술 때문에 그의 행성이 비극을 겪은 건 슬픈 일이었다. 비극은 예측할 수 없고 제어도 할 수 없는 일이다.

- 거래하고 싶어요!

휴대폰에서 메시지 알람 소리가 울렸다. 휴빌이 고친 물건 중에서 좋아 보이는 건 바로 바로 중고 거래 사이트에 올렸다. 대부분 언제 만들었는지 알 수 없는 오래된 물건이었는데 구매하고 싶어 하는 사람들이 꽤 있었다. 추억 때문에 소장용으로 구매하려는 사람들은 기계가 작동도 잘된다고 하면 믿지 못하는 눈치였다. 막상 물건을 보면 새것 같다며 좋아했다. 내 중고 거래 평점은 점점 높아져서 물건 파는 일이 더 수월해졌다. 집에 식구가 한 명 늘었지만 오히려 경제적으로는 좋아지고 있었다.

오늘도 거래가 잘 성사되면 휴 빌에게 뭐라도 하나 선물을 하고 싶었다.

"아저씨, 좀 있다 마트에 갈 건데 뭐 필요한 거 있어요?"

휴 빌은 내 목소리를 못 들었는지 아무 대꾸도 없었다. 그는 며칠 전부터 야구공처럼 생긴 기계를 계속 만지작거리고 있었다. 뭔가에 집중하면 주위 소리를 잘 못 듣는 모습이 할아버지와 비슷했다.

"아저씨!"

한 번 더 크게 불러 봤다.

"어, 드디어 비행선의 오류를 찾았어. 엔진의 메인 에너지가 문제였어."

"문제를 찾았으니까 금방 고치겠네요."

“문제는 찾았지만 해결책이 없어. 지속 동력 촉매가 망가졌어.”

휴 빌은 동그란 장치에 박힌 팔각형 모양의 초록색 물질을 가리키며 말했다. 자세히 보니까 어딘가 낯익은 느낌이 들었다.

“촉매를 고칠 수 없어요?”

“이건 교체만 가능해. 쉽게 말해서 배터리가 다 떨어진 거지. 지구에 이 물질이 있는지 확인 중인데 아직 찾지는 못했어. 자쉬드 행성에서는 쉽게 구하는 거지만 여기서는 아니니까.”

“그럼 그게 없으면 비행선 작동이 안 되는 거예요?”

“현재 상황은 그렇지.”

휴 빌은 동그란 장치를 내려놓고 돌아섰다.

늘 단단하던 어깨가 처져 보였다. 만약에 엔진에 필요한 촉매를 구하지 못하면 영영 지구를 떠나지 못할 수도 있는 거였다. 그가 계속 지구에서 살게 된다면. 그렇게 되면.

더 생각하고 싶지 않아서 방 안으로 들어와서 휴대폰을 꺼냈다. 1시간 넘게 게임을 하다가 게임 화면을 닫고 인터넷 창을 열었다. 검색창에 처음으로 자쉬드를 검색했다. 화면에는 검색 결과 0개라는 글자만 보였다. 지구에서는 찾을 수 없는 아주 먼 곳이라는 생각이 들었다.

*

집 앞에 세워 둔 오토바이를 깨끗하게 닦고

출발 준비를 마쳤다. 사장님이 마음대로 편하게 타고 다니라며 오토바이를 빌려줬다. 휴 빌이 가게 오토바이들을 다 점검해 줘서 나름 혜택을 받은 거였다.

"휴 빌 아저씨, 빨리 나와요! 같이 갈 곳이 있어요."

"최근에 너는 사고가 났어. 오토바이를 타는 건 위험해."

"저는 항상 안전 운전 해요. 앞으로는 더 조심히 운전할 거예요. 어서 타요."

그는 조심스럽게 내 뒤에 앉았다.

"이 헬멧을 쓰세요. 제 허리 꽉 붙잡으세요."

오토바이의 시동을 켜고 목적지를 휴대폰 내비게이션에 입력했다. 도로를 달리는데 이

상하게 오토바이 주변으로 차가 오지 않았다. 목적지에 도착할 때까지 신호에 한 번도 걸리지 않았다. 운전하는 내내 파란불이 켜져 있었다. 보통 1시간이 걸리는 거리였는데 20분 만에 도착했다.

"오늘 차가 하나도 안 막혔어요."

"그래서 기분이 좋아?"

"당연하죠. 주변에 차가 없으면 편해요."

"오토바이 타는 일이 무서워?"

"무섭지는 않은데 솔직히 걱정은 돼요. 다치면 돈을 벌 수가 없잖아요."

"넌 또래보다 독립적이고 생활력도 좋지만, 너도 어른의 돌봄을 받아야 해."

그의 말을 듣는데 슬픈 마음이 올라왔다. 이

제는 괜찮다고 생각했는데. 나는 그 얘기를 못 들은 척 다른 쪽으로 시선을 돌렸다. 휴 빌 때문에 마음이 약해지고 싶지 않았다.

"아저씨, 여기가 한강이에요."

"여기에 왜 온 거지?"

"아저씨가 「반달」 노래를 들으면 고향 생각이 난다고 했죠? 우리나라에서는 은하수가 잘 안 보여요. 그런데 한강을 보면 은하수가 흐르고 있는 것 같아요. 자쉬드에도 혹시 강이 있었나요?"

"우리 행성에도 이런 강이 있었어. 이렇게 물이 반짝였어."

"아저씨는 가족이 보고 싶지 않아요? 가족도 기다릴 텐데."

"날 기다리는 가족은 없어."

이 세상에 나만 혼자라고 생각했는데. 무슨 말을 해야 할지 몰랐다.

"무한아, 나는 혼자지만 괜찮아."

그가 먼저 어색한 침묵을 깨고 말했다.

"괜찮긴 뭐가 괜찮아요? 외롭고 슬퍼도 돼요. 아저씨야말로 친구가 필요해요. 그리고 아저씨가 왜 혼자예요?"

그는 고개를 갸웃거리며 나를 바라봤다.

"옆에 이렇게 지구인이 서 있잖아요. 아저씨는 수천 킬로미터 떨어진 지구에서 부르는 소리를 저랑 함께 듣고 있었던 거예요."

"그래, 나는 이제 혼자가 아니네."

그는 한강을 오랫동안 지켜봤다. 그의 은색

눈이 푸른색으로 바뀌었다.

어느새 하늘이 어두워졌고 우리는 집으로 향했다. 집으로 갈 때도 오토바이 주변에는 차가 오지 않았고 길도 막히지 않았다.

"아저씨, 뻥 뚫린 도로를 달리니까 좋죠?"

대답이 없어서 사이드 미러로 뒷자리에 탄 휴 빌을 봤다. 그의 몸에서 빛이 나고 있었다. 집에 도착하자 몸에서 나오던 빛도 꺼졌다. 나는 바로 오토바이에서 내려서 그의 상태를 확인했다.

"아저씨 몸에서 빛이 나온 거 맞아요? 괜찮아요?"

"내가 입은 특수복에는 컨트롤 프로그램 장치와 수십만 개의 칩이 달려 있어. 우리가 처음 만났을 때 입고 있었던 옷이야. 네가 불편해해서 네가 준 할아버지 옷 안에 입고 다녔어. 컨트롤 프로그램을 작동했더니 에너지가 발생해서 빛이 나온 거야."

"혹시 아저씨 때문에 오늘 도로에 차가 없었던 거예요?"

"맞아."

"어떻게 그게 가능해요?"

"나는 자쉬드 컨트롤 시스템 최고 개발자였어. 자동차 같은 운동 장치들은 쉽게 제어할 수 있어. 교통은 시스템에 접속하면 금방 해결돼. 네가 안전하길 바랐어. 그래서 교통을 컨트롤했어. 오늘 네 덕분에 땅에 있는 은하수를 봐서 좋았어."

내 안전을 걱정해 주는 존재가 있다니. 그 존재가 꼭 지구인이 아니어도 괜찮았다.

"아저씨, 이거 받으세요."

주머니에서 봉투를 꺼내 휴 빌의 손에 조심히 올려놨다. 휴 빌은 봉투를 열어 보고 놀란 표정을 지었다.

"이걸? 어떻게?"

"GS-27은 처음 작동한 후로 한 번도 멈춘 적이 없었어요. 집 전체가 정전됐을 때도 GS-27은 꺼지지 않아서 신기했어요. 집에 밤늦게 들어오면 GS-27에 초록빛이 환하게 켜져 있어서 덜 무섭긴 했어요. 어떻게 그럴 수 있을까 찾아봤죠. 기계가 멈추지 않았던 게 이것 때문인 것 같은데, 아저씨가 찾던 거랑 비슷해 보여서요."

"지구에는 없을 줄 알았어. 이걸 나에게 주면 GS-27이 멈출 텐데."

그는 내가 내민 촉매를 선뜻 받지 못하고 망설였다.

"낡고 오래된 집이어도, 오늘 하루를 보내고 돌아갈 곳이 있어 안심이 됐어요. 아저씨도 고향에 가고 싶잖아요. 우리 할아버지 덕분이에요. 문제가 해결되니까 좋죠?"

그는 대답 대신 내 어깨를 토닥였다.

교실 문을 여는데 무거운 공기가 확 밀려왔다. 다른 반은 체육 대회 준비로 시끌시끌한데 우리 반은 평소보다 더 조용했다. 늘 자신 있어 보이던 회장은 고개를 푹 숙이고 있고, 회장을 둘러싼 아이들의 표정은 굳어 있었다. 조용히 자리에 앉는데 부회장이 회장에게 따지듯이 말하는 소리가 들렸다.

"어떻게 할 거야? 우리 반 오늘 응원전 할 수 있어?"

"나도 반 티가 다른 학교에 갈 줄은 상상도 못 했어. 내가 주소를 잘못 써서……."

풀 죽은 목소리로 대답하는 회장의 얼굴이 점점 벌겋게 변했다.

우리 학교 체육 대회의 하이라이트는 반별 응원전이었다. 선생님과 선배들 말에 따르면 반별 응원전은 두고두고 추억거리로 등장하기 때문에 우리는 싫든 좋든 응원전 준비를 다

같이 열심히 했다. 각 반마다 응원전 콘셉트에 맞춰 특별히 제작한 단체 티도 입었다. 우리 반은 신나는 음악에 맞춰 태권무를 추기로 했다. 우리가 주문한 흰색 티셔츠는 오른쪽 가슴에 태극기 모양이 있고, 뒤에는 호랑이가 크게 그려져 있었다. 응원전을 위해서 모두 흰 바지에 흰 운동화까지 준비했는데, 정작 제일 중요한 반 티가 없다니.

"내가 지금 택시 타고 가서 찾아올게."

"거리가 먼 것도 문제지만 지금 차가 막혀서 제시간에 못 와. 응원전에 회장인 네가 빠지면 어떡해."

회장의 말에 부회장은 고개를 저으며 반대했다.

응원전까지 1시간 30분 정도밖에 남지 않았다. 휴대폰으로 잘못 배송된 학교를 검색해 보니까 자동차로 가면 2시간은 족히 넘는 거리였다. 오토바이를 타면 더 빨리 갔다 올 수 있을 것 같았다.

“회장, 내가 반 티 가져올게. 오토바이로 갔다 오면 더 빠를 거야.”

나는 머뭇거리다 회장에게 말했다.

“오토바이? 네가?”

회장은 불안한 눈으로 내 얼굴을 바라봤다.

“알바해서 오토바이 탈 수 있어. 내가 갔다 올게. 광성고 맞지? 선생님한테는 네가 잘 말해 줘.”

“어, 맞긴 한데.”

회장의 대답을 듣자마자 교실 밖으로 달려 나갔다. 운동장을 가로질러 가는데 위에서 회장의 목소리가 들렸다.

"무한아, 조심히 다녀와!"

학교 앞으로 오토바이 한 대가 들어오는 게 보였다. 오토바이가 멈추고 휴 빌이 나를 보며 손을 흔들었다. 나는 휴 빌에게 헬멧을 받고 오토바이에 앉았다.

반 티를 가지고 돌아오니 교문 앞에서 회장과 아이들이 기다리고 있었다. 오토바이를 세우자 아이들이 우르르 몰려왔다.

"무한이 너, 좀 멋진데."

"나도 오토바이 태워 주라!"

"어떻게 이렇게 빨리 갔다 와? 엄청 빠르

다!"

"이무한! 완전 나이스 타이밍! 곧 시작하니까 빨리 가자."

아이들의 떠드는 소리 때문에 정신이 없었지만, 일이 잘 해결돼서 기분이 좋았다.

응원전이 시작되고 음악 소리가 운동장을 가득 메웠다. 아이들의 함성과 노랫소리가 섞여서 운동장이 쿵쿵 뛰는 것 같았다. 내 심장도 함께 뛰었다.

"멀리서 반짝반짝 비치이는 건- 샛별이 등대란다 길을 찾아라-."

휴 빌이 「반달」을 부르면 할아버지 생각이 났다. 둘의 목소리는 달랐지만 목소리에 그리

움이 느껴졌다. 그리움이 담긴 자장가를 들으면 그리운 사람을 꿈에서 만날 것 같았다. 나도 처음으로 코트 옆에서 자장가를 들으며 잠이 들었다.

눈을 뜨니 초록빛 강이 보였다. 하늘에 떠 있는 강이었다. 내 옆에는 휴 빌이 서 있었다.

"여기가 어디예요?"

"내 고향 자쉬드 행성이야."

"어떻게 여기에 왔어요? 비행선은 고쳤어요?"

"저쪽에 있는 게 우리가 타고 온 비행선이야. 네가 자고 있을 때 왔어."

비행선은 멀리 떨어져 있어서 원형 캡슐처럼 보였다.

"저를 업고 여기에 온 거예요? 무겁지 않았어요?"

"깨워도 일어나지 않아서 어쩔 수 없었어. 그리고 너는 또래보다 몸무게는 미달이야, 아직도."

"알겠어요. 아저씨는 참 한결같아요."

내 말에 휴 빌은 더 대꾸하지 않고 손가락으로 하늘을 가리켰다. 하늘에 떠 있던 강물이 아래로 흘러내리기 시작했다.

"하늘에서 강이 흐르다니! 너무 멋져요!"

"너에게 우리 행성을 보여 주고 싶어서 왔어. 다시는 이런 광경을 못 볼 줄 알았어. 자쉬드의 메인 컨트롤 시스템을 없애는 순간 자쉬드 행성도 끝났다고 생각했는데, 우리의 예측이 틀린 거였어. 살아남았던 생명체의 변수가 자쉬드를 살렸어. 더 이상 우주를 떠돌지 않아도 돼. 다시 고향에서 살 수 있게 됐어."

"그럼 모두 이곳으로 돌아오겠네요. 정말 다행이에요."

휴 빌은 내 말을 듣고 고개를 끄덕였다. 그는 나에게 자쉬드의 아름다운 장소를 하나씩 보여 줬다. 그는 내가 웃으면 함께 웃었다. 지구에서는 그가 웃는 모습을 한 번도 보지 못했는데. 은색이었던 눈이 여기서는 계속 푸른색이었다.

그가 들려주는 이야기를 더 듣고 싶었는데 자꾸 눈이 감겼다. 그는 천천히 「반달」 노래를 불렀다.

"푸른 하늘 은하수 하얀 쪽배에-."

노랫소리가 멀리 사라지는 것 같았다.

깊은 잠에서 깨어난 느낌이었다. 옆에서 자고 있는 코트가 보였다. 자리에서 일어나 방문을 열고 거실로 나갔다. 휴 빌이 늘 앉아 있던 자리가 텅 비어 있었다. 부엌에 자주 서 있던 곳에도 그는 없었다. 휴 빌이 매일 입던 앞치마가 식탁 위에 곱게 접혀 있었다.

냉장고를 열고 음식 재료를 꺼냈다. 휴 빌에게 떡볶이를 만들어 주고 싶었다. 먼 곳에서 여기까지 찾아왔는데 제대로 대접한 적이 없었다. 떡볶이 떡을 찬물로 씻고, 프라이팬에 고춧가루를 푸는데 눈이 따가웠다. 지구인도 외계인도 떠날 때 작별 인사를 하지 않았다. 이별은 익숙하다고 생각했는데. 자꾸만 눈물이 나왔다.

푸른빛이 꺼진 GS-27은 더 이상 아무 소리도 내지 않았다. 이제 자신의 임무를 다 마친 것처럼 보였다. 나는 밤이면 GS-27 앞에 앉아서 「반달」을 불렀다. 노래가 끝나면 어느새 코트는 잠들어 있었다. 언제부턴가 학교에서 돌아오면 늘 코트가 우리 집 문 앞에서 심드렁한 표정으로 나를 맞이했다. 동지였던 코트가 이제는 한 식구가 됐다. 내 동생 코트.

잠든 코트를 보다가 나도 잠이 들었고 운이 좋으면 꿈에서 그리운 얼굴을 만났다.

어제와 같은 오늘이 돌아왔다. 그런데 이제 나는 어제와 다른 오늘이길 바란다.

*

동쪽 끝에서 서쪽 끝으로. 오늘 배달 지역은 유독 거리가 멀리 떨어져 있었다. 이런 날일수록 부지런하게 움직이지 않으면 배달에 차질이 생길 수 있다. 오토바이를 타고 첫 번째 목적지를 향해 달렸다. 늘 막히는 도로에 진입했는데 자동차들이 하나둘 속도를 늦추며 내 오토바이가 빨리 지나갈 수 있게 비켜 줬다. 신호등도 연속으로 파란불만 켜졌다. 오토바이가 달리는 방향만 시원하게 길이 뚫려 있었다.

도로를 나 혼자 달리고 있다고 생각했다. 그

런데 혼자가 아니었다. 빛 하나가 나를 비추고 있었다. 나는 고개를 들어 하늘을 봤다. 우주가 날 비추고 있었다.

164 은하로 168
Eun ha - ro(st)

어렸을 때부터 하늘 보는 걸 좋아했다. 어른이 된 지금도 하늘을 자주 본다. 고개만 들면 언제나 볼 수 있는, 항상 그 자리에 있는 하늘을 보면 안심이 됐다. 나를 지켜봐 주는 하늘 같은 존재. 그 존재가 사람이든 동물이든 다른 어떤 거라도 괜찮지 않을까. 그리고 그 존재가 바로 나 자신이라면 더 많은 위로를 받을 것 같다.

무한의 마음이 먼 우주에 닿은 것처럼, 홀로이거나 혼자라고 느끼는 친구에게도 따뜻한 응원이 닿길 바라며 글을 썼다. 지구라는 행성에서 살아가고 있다는 것. 그것만으로도 우리는 함께이고, 함께라면 마음을 주고받을 수 있다. 지금 우리는 마음을 나누는 일이 너무 어려운 시절에 살고 있지만, 내가 먼저 마음을 건네면 그 마음이 작은 징검다리가 돼서 수많은 너에게로 전해질 거라 믿는다.

내가 놓은 작은 돌 하나가 누군가에게 이어지길 바란다. 그리고 책으로 징검다리를 만들어 준 사계절 출판사 편집부에 감사드린다.

이경주

사계절 청소년문학 유튜브 호호책방
『갤럭시 바이크』 편 보기

갤럭시 바이크

2024년 11월 22일 1판 1쇄

글
이경주

그림
화원

편집
장슬기 윤설희 최경후 이여름

디자인
조정은

제작
박흥기

마케팅
김수진 강효원 백다희

홍보
조민희

인쇄
천일문화사

제책
J&D바인텍

펴낸이
강맑실

펴낸곳
(주)사계절출판사

등록
제406-2003-034호

주소
(우)10881 경기도 파주시 회동길 252

전화
031)955-8588, 8558

전송
마케팅부 031)955-8595, 편집부 031)955-8596

홈페이지
www.sakyejul.net

전자우편
literature@sakyejul.com

인스타그램
instagram.com/sakyejul_teen

ISBN 979-11-6981-344-0 44810
ISBN 979-11-6094-736-6 (세트)

- 이 책은 서울특별시, 서울문화재단 '2024년 창작집 발간지원 사업'의 지원을 받아 발간되었습니다.
- KOMCA 승인필